MO story
모 이야기
2

One Summer Day
어느 여름날

글 · 그림 최연주

어느 여름날

무더위에 지친 모와 형제들은 선풍기 바람 밑에서 뒹굴뒹굴대며
장을 보러 간 엄마를 기다리고 있었어요.

엄마 언제 오지?

몰라?

아이스크림 사 왔으면 좋겠다.

웅웅!

뒹굴대는 형제들과 달리 모는
밖에 나가 놀고 싶어 엉덩이가 간지러웠어요.

히웅, 나가 놀고 싶다아~

그 시각 집에 도착한 마마모가
무언가를 발견했어요.

모의 집 앞 우체통 위에 알록달록한 색의
앵무새 한 마리가 앉아 있었어요.

앵무새는 마마모에게 '당신이 마마모인가요?'라고 묻더니
갑자기 할아버지 목소리를 내며 말을 하기 시작했어요.

마마모야, 나다. 네 아빠 후!
너에게 전할 말이 있는데 이 앵무새 녀석이
말을 잘 전해 줄지 모르겠구나.
거, 아무튼 너도 알잖니. 내 취미가
길에 버려진 선풍기를 모아
고치기인 것 말이야.

앵무새는 이쯤 말하더니
목이 마른 듯 기침을 했어요.

앵무새는 마마모가 가방에서 물을 꺼내 건네주자
한 모금 홀짝하더니 다시 말을 이어 갔어요.

고장 난 줄 알고 버린 선풍기가 이렇게 잘 돌아가는 걸 알면
얼마나 약이 오를까 싶은 마음 너도 이해하지?

이번 산책에서도 선풍기를 네 대나 주웠단다. 허허.

이 많은 선풍기는 다 어쩌려고 그래요?

이거 다 내가 손보면 아직 쓸 만한 것들일 거예요. 분명.

그래서 말이다.
선풍기에 들어가는 별 모양 나사 좀 보내주렴.
온 김에 네 엄마 특제 바나나 케이크도 가져가서
함께 먹으려무나.

마마모는 아이들 방문을 열고
누가 심부름을 하겠냐고 물었어요.
엄마! 다들 낮잠 자. 내가 다녀올게!

우리 모. 심부름도 가겠다고 하고 다 컸네!
이 나사 주머니를 할아버지께 가져다드리면 돼.

가는 길이 조금 복잡하긴 하지만
엄마가 그려 준 지도대로만 가면 돼.
딴 길로 새지 말고 조심히 다녀와. 알겠지?
목마르면 여기 담긴 물 마시고...

마마모의 말이 끝나기도 전에 모는 출발하고 싶어 발을 동동 굴렀어요.

마마모는 내심 걱정이 되었지만
모가 잘 다녀올 거라 믿고,
모의 이마에 입을 맞춰 주며 배웅했어요.

시원하게 살랑이는 상쾌한 바람.
선명한 햇빛.
짹짹 지저귀는 새들의 노랫소리에
모는 기분이 점점 들떴어요.

풀 냄새 좋아.

앗차차.
딴 생각 할 때가 아니지.

난 더 이상 그렇게 어린 고양이가 아냐!
할아버지께 중요한 나사를 가져다드리는
이 엄청난 모험에 집중하자!

숲을 걷던 모는 지도를 펼쳐 보았어요.

하지만 모의 엄마는 숲에서 소문난 악필이었어요.

지도를 알아보기 어려웠던 모는
근처에 사는 검은 곰에게
도움을 청하기로 해요.

검은 곰은 여름맞이 청소를 하고 있었어요.

청소 중이던 검은 곰은 반가운 모의 목소리를 듣고
놀라서 그만 밀대를 놓쳐 버렸어요.

심부름을 간다구? 그거 꽤 모험이 되겠는걸.
어디 보자. 어, 이쪽 숲길엔 지난밤에 벼락을 맞은
큰 나무가 쓰러져 있는데…
음, 어쩔 수 없이 강으로 둘러 가는 편이 낫겠어.

몇 년 전에 배로 쓸 만한 걸 주워다 놨는데... 어디 있더라.

검은 곰은 거미줄을 걷어 내며 창고 깊숙한 곳으로 들어갔어요.

아! 여기 있다! 이건 커다란 초를 꽂는 촛대였어.
좀 지저분하고 군데군데 이도 나가 있지만
조금만 손을 보면 모 네가 타고 가기엔 무리가 없을 것 같지?

검은 곰은 낡아서 부서진 촛대에
예쁜 은빛 판을 덧대고 망치로 두드려
보수해 주었어요.

숲속의 훌륭한 공예가답게
지난겨울 만들고 남은 낙엽 패치워크로
튼튼한 돛도 만들어 주었어요.
촛대는 제법 그럴싸한 배가 되었지요.

다 됐다!

모가 폴짝 올라타자 검은 곰은
배를 번쩍 들어 성큼성큼 물가로 향했어요.

부드러운 물결을 타고
모가 탄 촛대 배는 천천히 천천히
나아갔어요.

이윽고 잔잔히 흐르는 물소리에
꾸벅꾸벅 졸고 있던 모는 눈을 떴어요.
배가 땅에 닿자 모는 조심스럽게 내려 주변을 둘러보았어요.

아니나 다를까 모가 살살 내디딘 발밑에는
얼핏 보면 나뭇잎 같아 보이는 아저씨가 지나가고 있었어요.

여, 나를 밟지 않아 줘서 고맙네.

나는 작은 친구들이 있거든요.
그래서 조심조심 다녀야
한다는 걸 알아요.

햇살이 가득한 여름 섬은
생명으로 가득해요.

굴러 굴러 이동하는 돌멩이와

꿀이 뚝뚝 떨어지는 커다란 꽃들과
꿀을 담아 나르기 바쁜 벌들.

외나무다리를 통통 튀어 건너가는 땅콩들을 따라가며
모는 처음 보는 풍경에 눈길을 빼앗겼어요.
그러다 반짝반짝 빛나는 물빛을 만져 보고 싶다는 생각이 들었어요.

물의 반짝임에 손을 대니
물은 잔잔하게 일렁이며 반짝임이 더 잘게 부서졌어요.
그리고 그 밑으로 작은 물고기들이 헤엄치는 게 보였어요.

응? 함께 놀자고?
헤엄치면 시원하다고?

물의 반짝임 한가운데서
시원한 여름 바람을 느끼며 떠 있으니
무척이나 기분 좋았어요.

물에서 한참을 놀다
꼬리까지 푹 젖어 버린 모는
문득 정신을 차리고 말했어요.

할아버지네 가는 길이었지.
지도! 지도를 다시 봐야겠다.

푹 젖어 버린 지도를 보고 모는 크게 놀랐어요.

이리 돌려 보고 저리 돌려 봐도
잉크가 번져 검게 변해 버린 지도는
아무것도 알아볼 수 없었어요.

모는 지도가 망가졌다는 생각에
잠시 의기소침해졌지만

곧 다시 길을 나섰어요.

섬에 사는 누군가는 알고 있겠지!

모는 이제 막 나무를 오르기 시작한 나뭇잎 아저씨에게도,

굴러 굴러 이동하던 돌멩이에게도

통통 튀어 외나무다리를 지나던 땅콩에게도

자유로운 물고기들에게도
후 할아버지가 사는 곳이 어디인지
아느냐고 물어보았지만 아무도 몰랐어요.

대체 할아버지네 집은 어디에 있는 거야...
이러다가 깜깜한 밤이 되겠어!!

하암. 아이 시끄러워.
모처럼 독서에 집중하려던 참이었는데
누가 이렇게 시끄러운 거야?

콩!
나무 위에서 원숭이가 나타나
모의 머리 위로
작은 열매를
던지며 말했어요.

아냐. 미안해할 것까진 없어.
반가워 모, 난 원숭이야. 하암-
원숭이는 하품을 하며 모에게 인사했어요.
그나저나 할아버지는 왜 그렇게 찾아?

아, 그게-

아! 잠깐, 설마!
혹시 할아버지가 마법사야?
아주 오래된 숲에는 마법사가 살기도 한다던데,
그래서 할아버지가 소원을 들어주나?
나 소원 있는데. 사실 소원이 좀 많아서
어떤 걸 부탁할지 고민이 되긴 하는데
하나만 바라야 한다면
역시 그 소원이지. 음음.

엥. 마법사는 아닌데,
그냥 할아버지야!

마법사가 아니야? 실망이네.
아무튼 요즘 내 소원은
책에 푹 빠져 보고 싶다는 거야.

사실 난 그림책 작가거든.
그래서 작가라고 하면 책을 많이 읽어야 할 것 같잖아?

근데 책만 읽으려고 하면 자꾸 잠이 와.

나도 책에 푹 빠져 보고 싶어.

책에 푹 빠지는 게 소원이라고?
이상한 소원이잖아.
모가 갸우뚱하며 말했어요.

나한테는 대단히 진지한 고민이라구.
이 꼬마 고양이야.

내가 만든 책을 보고
다들 나를 아는 것도 많고,
똑똑한 작가라고 생각할 텐데.
실은 이렇게 별것도 아닌 원숭이라는 걸
들킬까 봐 무서운 거야.

그러니깐 탄로 나기 전에 어서 책을 읽어야...
아, 그나저나 할아버지를 어떻게 찾아야...
같이 찾아보자.
하암... 내가 도와줄게. 근데 또 잠이 와...

원숭이는 그대로 스르르 잠이 들었어요.

오잉? 원숭아-
잠들었니? 일어나 봐-

모는 원숭이가 깨어나기를 기다려 보았지만
원숭이는 깊이 잠들어 일어나지 않았어요.

잠든 원숭이와 모 둘뿐인 울창한 여름 숲이
모는 왠지 무섭게 느껴졌어요.

누가 원숭이를 괴롭히면 어쩌지?
안 되겠다. 원숭이를 데리고 할아버지 집을 찾아봐야겠어.

모는 원숭이를 커다란 바나나 잎에 태워
열심히 걸었어요.

그때였어요.
모가 앉아 있던 둥근 바위가 움직이더니
바위에서 머리가 쑤욱, 다리가 쏙쏙 나왔어요.
둥근 바위인 줄 알았던 것은 거북이 할머니였어요.

아이고야, 누가 내 등에 앉은 거냐?
모가 깜짝 놀라 뒤로 뒹굴 자빠졌어요.

아이고, 어린 고양이로구나. 허허.
놀랐겠구나. 미안해서 어쩐다.

안녕하세요. 할머니.
저는 모라고 해요.
할머니 등이 바위인 줄 알고 앉았어요.
저는 지금 무척이나 지쳤거든요.

허허. 이제 막 태어난 것 같은
고양이가 뭘 하다 그리 지쳤니?
할미가 도와주마.
이 할미는 아주 오래 살았어요.
모르는 게 없단다.

훌쩍훌쩍.
고맙습니다. 할머니.

그래그래.

저는 할아버지를 찾고 있어요.
엄마 심부름을 가고 있거든요.
모가 다시 서러워져 훌쩍이며 말했어요.

하~암~ 잘 잤다.
또 뭐가 이렇게 시끄럽담?

이야기 소리에 잠에서 깬 원숭이가
기지개를 켜며 일어났어요.

어라?
거북이 할머니잖아?

모! 걱정 말고
방법을 생각해 보자!

그나저나 할아버지한테는
왜 가는 거야?

우잉? 말 안 했던가?
이 나사를 전해 드리러 가는 거야.
할아버지가 고치고 있는 선풍기에
필요한 거랬어.

'선풍기라고?' 원숭이와 거북이 할머니는
서로를 쳐다보더니 동시에 외쳤어요.

훅 할아버지다!
훅 영감이네!

우리 할아버지를 알아?
모가 깜짝 놀라 물었어요.

알다마다. 내 오랜 친구여.
진즉에 말하지 그랬니. 그 집에는 100번도 더 갔는걸.

이 섬의 동물들은
다 할아버지의 선풍기로 여름을 나고 있을걸?
여름밤에 목욕하고 쐬는
할아버지 선풍기 바람은 진짜 꿀맛이야.

정말? 다행이다!
할아버지에게 갈 수 없을까 봐 너무 불안했어.

걱정 마라. 모야.
이 할미가 금방 데려다 주마.
어여 내 넓은 등에 올라타거라.
자. 출발합니다.

우와,
커다란 바나나다!

그래그래.
북쪽으로 10분만 걸으면 바로 이 커다란
바나나 나무가 나오지.

그리고 오른쪽으로 반 등딱지 방향만큼만
설렁설렁 가면…

푸우욱-! 거북이 할머니의 발이
아주 깊은 늪 속으로 빠지고 말았어요.

아이고, 맞다 맞어-
반 등딱지 방향으로 곧장 가면
깊은 늪이었지.
허허. 거참- 큰일이네.

가라앉고 있어!

거북이 할머니가 발을 빼려 노력했지만
늪은 아주 깊어 할머니의 발을 단단히 잡고는 놔주지 않았어요.

우우...
심부름이 이렇게 어려운 건 줄 알았으면
안 했을 거야... 이제 어떡해...
나 때문에 원숭이도 거북이 할머니도
다 늪에 빠져 버렸어...

모는 너무나 무서워졌어요.
그리고 불안함을 말하면 말할수록
마음 깊숙한 곳에 커다란 돌이 들어앉은 듯
몸이 무거워지고 눈물이 나기 시작했어요.
흑흑흑... 엄마가 보고 싶어... 우엥~
모가 울자 원숭이도 따라 울기 시작했어요.

얘들아. 울지 마라.
도저히 어찌해야 할지 모를 때에는
도움을 청하면 되지요~

모와 원숭이의 목소리가 숲에 울려 퍼졌어요.

모와 원숭이의 소리에
옷장 속에서 노래 연습 중이었던 앵무새도

티타임 중이던 여우원숭이 부부도

자화상을 그리던 화가 카멜레온도

미용실에서 머리를 자르던 멋쟁이 오랑우탄도
모두 깜짝 놀랐어요.

잠시 뒤 저 멀리서 나무가 크게 흔들리는 소리가 나더니
소리는 점점 가까워졌어요.

나무 사이로 여름 숲의 동물들이
우르르 나타났어요.

얘들아, 뚝!
울지 말고 침착해!
우리가 도와줄게!

무사히 늪에서 빠져나온
모와 원숭이는 눈물자국이 남은
벙찐 얼굴로 서로를 쳐다보았어요.

둘은 신이 나 펄쩍펄쩍 뛰었어요.

고마워!
모두들 정말 고마워!
동물들은 웃으며
금세 흩어져 떠나갔어요.

여기다! 만세!
얼마 지나지 않아
할아버지의 집이 보였어요.

할아버지!
나 왔어!
모가 왔어요!

아이고, 우리 모가 왔구나!
어? 숭이랑 거북 할멈도 오셨네? 웬일이야?

할머니의 바나나 케이크를 기다리는 동안
모와 원숭이는 할아버지의 작업실을 구경해요.

이게 다~ 할아버지가 주워 온 물건들로 만든
재미있는 것들이지. 한번 보련?

괘종이 울릴 때마다 물이 나오는 시계란다.
물 먹는 걸 통 잊어서 만들었지.

이건 털을 말리면서 음악도 듣고 싶을 때 사용하는
노래가 나오는 드라이기!

그리고 이건 설거지 중 엉덩이가 가려울 때
긁어 주는 효자손!

할머니가 얼음을 동동 띄운 시원한 베리 주스를 가져다주었어요.

앗차차, 내 정신 좀 봐.
선풍기를 고치기로 했었지?

앗참!
나도 깜박했다.
여기 있어요. 나사 주머니!

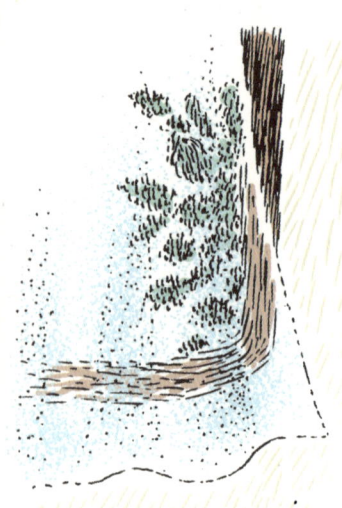

고맙다, 모야.
여기까지 오는 게 쉽지 않았 할애비가 무리한 부탁을
한 건 아닌지 걱정했단다.

응! 어려웠어.
처음에는 밖에서 놀고 싶어서
엄마에게 내가 가겠다고 했거든요.

그런데 너무 신나게 놀아서
지도가 젖어 버렸어!
그래도 누가 길을 알겠지 했는데
아무도 모르는 거예요!
그땐 정말 포기하고 싶었어.

그리고 늪에 빠졌을 땐
진짜 무서웠어요.

응! 진짜 넓고 찐득찐득한 늪에 빠졌었어!
내가 막 힘을 써서 거북이 할머니를 구하려고 했었는데!

풉! 무서워서 엉엉 울었으면서.

우씨!
너도 울었잖아.

뭐! 조금 무섭긴 했지만
그래도 동물 친구들이
도와줘서 살았어.
포기하지 않길 잘했다니까!

그래, 그렇지.
포기하지 않으면 다 방법이 있지.
이 선풍기나 다른 물건들도 마찬가지야.
고장 났다고 쉽게 버려지지만
들여다보면 아직 더 쓸 수 있는 것들이지.

끼릭 끼릭

결국 쉽게 포기하지 않는 마음이 제일 중요하단다.

아~ 시원해!

와아, 맛있겠다!

갓 구워진
달콤한 바나나 케이크 냄새에
모두 탄성을 질렀어요.

그렇게 후 할아버지가 고친
선풍기 바람 밑에서
무 할머니가 구운
바나나 케이크를 나눠 먹으며
여름 오후를 시원하게 보냈답니다.

END

EPILOGUE

글 · 그림 최연주

오늘 하루 유심히 보았던 것, 재미있는 상상,
사랑하는 모든 것을 자유롭게 그립니다.
대부분 낙서로 시작해서 작업까지 이어 나갑니다.
아버지와 함께 '후긴앤무닌'이라는 작은 브랜드를 운영하고 있습니다.
첫 그림책 〈모 이야기〉로 2024 이탈리아 볼로냐 라가치상
오페라 프리마 부문 스페셜 멘션 수상,
2025 일본 북하우스카페 그림책 대상 금상,
2025 프랑스 아동 청소년 문학상 소시에르 파시오낭 미니 수상,
2025 이탈리아 프레미오 안데르센상 최종 후보,
2025 이탈리아 프레미오 스트레가 라가체 에 라가치 신인상을 수상했습니다.

instagram @chocolateye

모 이야기 2 - 어느 여름날

초판1쇄 발행일 2025년 06월 15일
초판2쇄 발행일 2025년 07월 25일

글·그림	최연주
펴낸곳	atnoon books
펴낸이	방준배
편집	정미진
디자인	신설화
교정	엄재은
등록	2013년 08월 27일 제 2013-000257호
주소	서울시 마포구 연남로 30
홈페이지	www.atnoonbooks.net
유튜브	atnoonbooks0602
인스타그램	atnoonbooks
연락처	atnoonbooks@naver.com
FAX	0303-3440-8215

ISBN 979-11-88594-35-1 (07810)
ISBN 979-11-88594-23-8 (세트)
정가 23,000원

이 책의 글과 그림의 일부 또는 전부를 재사용하려면
반드시 저작권자의 동의를 얻어야 합니다. ⓒ 2025 최연주